24 Décembre 1891

VENTE DU JEUDI 24 DÉCEMBRE 1891

HÔTEL DROUOT, SALLE N° 4

ANCIENS

ÉMAUX PEINTS

DE LA CHINE

COMPOSANT LA

Collection de M. K* de S***, de Pékin**

EXPOSITION PUBLIQUE

Le Mercredi 23 Décembre 1891

Me PAUL CHEVALLIER	M. CHARLES MANNHEIM
COMMISSAIRE-PRISEUR	EXPERT
10, rue de la Grange-Batelière, 10	7, rue Saint-Georges, 7

IMPRIMERIE DE L'ART

[illegible]

[illegible]

[illegible]

[illegible]

[illegible]

[illegible]

[illegible]

CATALOGUE

DES

ÉMAUX PEINTS

DE LA CHINE

PIÈCES DE CHOIX D'UN DÉCOR TRÈS SOIGNÉ

En majeure partie

DU RÈGNE DE KIEN-LONG

COMPOSANT

l'intéressante Collection de M. K de S******

DE PÉKIN

Panneaux de tenture brodés en soies

Étagères en bois de fer

DONT LA VENTE AURA LIEU

HOTEL DROUOT, SALLE Nº 4

Le Jeudi 24 Décembre 1891

A DEUX HEURES

Me PAUL CHEVALLIER — COMMISSAIRE-PRISEUR — 10, rue de la Grange-Batelière, 10

M. CHARLES MANNHEIM — EXPERT — 7, rue Saint-Georges, 7

EXPOSITION PUBLIQUE

Le Mercredi 23 Décembre 1891, de 1 heure 1/2 à 5 heures 1/2

CONDITIONS DE LA VENTE

Elle sera faite au comptant.

Les Acquéreurs paieront *cinq pour cent* en sus du prix d'adjudication, applicables aux frais.

L'exposition mettant le public à même de se rendre compte de l'état des objets, aucune réclamation ne sera admise une fois l'adjudication prononcée

Paris. — Imp. de l'Art, E. Ménard et Cie, 41, rue de la Victoire

DÉSIGNATION DES OBJETS

ÉMAUX

1 — Plat rond à décor très soigné et d'une extrême richesse d'ornementation. Au centre, un médaillon lobé contenant des papillons, des lapins, des arbres en fleurs et des rochers. Triple bordure à dessin en mosaïque, interrompue par huit réserves à fleurs. Le revers du plat est émaillé en plein. Au centre, des dragons, brun et or, dans des nues bleues. Au pourtour, des réserves lobées et des rosaces. Règne de Kien-long. — Diam., 34 cent.

2 à 5 — Quatre grands plats circulaires peints en émaux de couleur, à médaillons composés de groupes de personnages : Bûcherons, pêcheurs, écrivains, etc., en de triples encadrements, bleu, jaune et noir. Époque de Kien-long. — Diam., 55 cent.

6 — Grand plat circulaire à fond bleu lapis et à décor de fleurs arabesques en émaux clairs. Au centre, le cachet Shun, longue vie, en rouge cantonné du cachet Shië. — Diam., 55 cent.

7 — Grand plat à décor de fleurs arabesques en grisaille sur fond bleu lapis. Période de Tao-kuang. — Diam., 38 cent.

8-9 — Deux plats, dits de mariage, offrant chacun au centre deux carpes rouge et or, en un médaillon encadré de festons d'or et d'argent sur champ bleu foncé. — Diam., 42 cent.

10 à 14 — Cinq plats ronds à décor polychrome de fleurs, de fruits, de plantes, d'insectes et de papillons jetés au centre et sur le bord, et finement peints en émaux de couleur sur fond d'émail rose. Le revers est émaillé jaune et offre des chauves-souris et dragons héraldiques en gros bleu et dorure. — Diam., 38 cent.

15 — Plat rond, représentant un paysage avec rochers, pagodes, habitations. Bordure d'arabesques noires avec réserves à fond jaune. — Diam., 25 cent.

16 — Plat rond à bouquet de pivoines et papillons en couleur sur fond blanc. Première bordure à ornements bleus et festons sur fond jaune; deuxième, ornée d'arabesques noires et de réserves. Au revers, des dragons. — Diam., 38 cent.

17 — Plat décoré du dragon impérial; triple bordure : grecques, rinceaux et arabesques. — Diam., 26 cent.

18-19 — Deux petits plats circulaires décorés d'oiseaux et de branchages en couleur sur fond blanc. Revers émaillé rouge d'or. — Diam., 21 cent.

20 — Petit plat à décor de figures disséminées dans un site montagneux. Au revers, des chauves-souris et des nuages sur fond jaune. — Diam., 21 cent.

21 — Petit plat à médaillon, représentant l'Empereur environné de jeunes femmes, assis à un balcon donnant sur un lac où vogue une jonque à travers les fleurs de lotus; bordure de fleurs arabesques sur fond jaune. — Diam., 21 cent.

22 — Petit plat à médaillon offrant le dragon impérial dans une double bordure ; l'une rose à carrelage, l'autre jaune à décor d'arabesques. Le revers est décoré de chauves-souris et de dragons. — Diam., 21 cent.

23 — Petit plat à médaillon : vase et brûle-parfums avec bordure de fleurs et de papillons. Revers marbré. Kien-long.

24-25 — Deux petits plats ; l'un représentant une scène de cour, l'autre deux cavaliers combattant ; bordure de grecques sur fond blanc.

26 — Plateau rectangulaire à bord oblique, en émail peint, à fond blanc, représentant un groupe de personnages en costumes du XVIIIe siècle au bord d'un lac ; la bordure est d'une extrême finesse d'ornementation. Au revers, une rosace avec animal chimérique. Décor européen. — Long., 28 cent. ; larg., 20 cent.

27 — Panneau décoratif, de forme rectangulaire en hauteur, représentant une scène familière : Trois Dames sur une terrasse avec un enfant leur présentant des fleurs. Kien-long. Cadre en bois de fer à ornements en relief. — Haut., 70 cent. ; larg., 44 cent.

28 — Grand bassin couvert de fleurs et d'arabesques en émaux clairs sur champ bleu lapis et offrant au centre, en rouge, la marque Shun. Des cachets du même rouge sont apposés à la chute et au marli. — Diam., 58 cent.

29 — Grand bassin à fond blanc, offrant au fond un grand médaillon circulaire : Réception des ambassadeurs coréens par l'empereur Hsuon-Fung (713-756) de la

dynastie des Tang Ming Miang. Le marli, à bord dentelé, est orné de fleurs arabesques polychromes sur fond jaune et de quatre réserves à fond blanc, contenant des bouquets. Marque au dragon. — Diam., 44 cent.

30 — Grand bassin en émail peint extérieurement et intérieurement à fond blanc et à décor représentant des dragons de diverses couleurs dans les nuages. Le marli montre cinq réserves lobées contenant des oiseaux. — Diam., 47 cent.

31 — Bassin de sacrifice à fond d'émail bleu avec, au fond, le dragon impérial, en rouge de cuivre, et, au pourtour, divers attributs de religion peints en dorure. Revers émaillé. Cachet Shan, prospérité. — Diam., 22 cent.

32 — Vase-applique, de forme gracieuse, à col flanqué d'anses et corps muni de têtes chimériques en guise d'anses. Bronze doré à rinceaux en relief sur fond d'émail bleu lapis. Médaillon central et ornements très délicats en émaux de couleur. Le bord de l'orifice est enrichi d'un rang de pierres de couleur serties. — Haut., 16 cent.

33 — Vase-applique en forme de balustre, fond jaune pâle, avec réserve de fleurs et d'oiseaux. Kien-long. — Haut., 25 cent.

34 — Vase balustre à col évasé couvert de fleurs, d'armoiries et d'ornements bleu foncé et émaux de couleur relevés d'or, sur champ bleu turquoise. — Haut., 29 cent.

35-36 — Deux vases cylindro-coniques à gorges, en émail peint, fond jaune, offrant, en des zones superposées, des fleurs, des arabesques, des oiseaux, des nuages et des cachets en émaux de couleur. Des bouquets à branches en bois, fleurs et feuilles en pierres de couleur et ambre, s'adaptent dans ces vases. Époque de Kien-long. — Hauteur des vases, y compris les socles en bois de fer sculpté, 40 cent.

37 — Deux vases cylindriques et couverts, à décor de fleurs en camaïeu bleu sur fond blanc; anses et boutons de couvercles en bronze. — Diam., 16 cent.

38 — Deux petits vases à décor d'arabesques et de grecques en couleur et dorure sur fond vert d'eau. — Haut., 85 millim.

39 — Deux petits vases à fleurs arabesques peints en couleur sur fond rouge et simulant les émaux cloisonnés. — Haut., 9 cent.

40 — Vase à corps lenticulaire décoré de fleurs arabesques et d'ornements sur fonds variés de couleur; le col et le pied sont en cuivre étampé. — Haut., 22 cent.

41 — Vase en forme de balustre, décoré de fleurs et de papillons en couleur sur fond jaune carrelé noir. — Haut., 24 cent.

42 — Cornet à renflement médian à décor de grecques, genre cloisonné, en bleu foncé, rouge et or sur champ bleu turquoise. Marque de Kien-long. — Haut., 30 cent.

43 — Vase cylindrique, porte-pinceaux, décoré de bambou en noir et or sur fond d'émail céladon. Marque en bleu. — Haut., 15 cent.

44 — Jardinière rectangulaire en émail bleu lapis quadrillé

or avec fleurettes-polychromes. Chacune des quatre faces est enrichie d'un médaillon européen peint à l'huile : paysage avec figures, placé sous une vitre et encadré de pierres incolores et couleur rubis. — Long., 33 cent.; larg., 22 cent.

45 — Jardinière quadrilobée, de forme surbaissée et à bord plat, à réserves contenant des rosaces peintes en noir et ressortant sur fond jaune impérial, chargé de fleurs arabesques en couleur. Socle en bois de fer. Règne de Kien-long. — Grand diamètre, 31 cent.

46-47 — Deux grandes jardinières cylindriques, légèrement évasées et à bords plats et lobés, décorées chacune au pourtour de quatre grandes compositions polychromes, représentant des étrangers européens apportant des présents, en des bordures à grecques bleues sur ton vieil or. Marque Shan en rouge avec dragons héraldiques. — Haut., 21 cent.; diam., 41 cent.

48 — Jardinière rectangulaire et à quatre faces, finement décorée de médaillons : scènes galantes avec costumes européens du XVIIIe siècle, se détachant sur un fond jaune chargé d'arabesques en couleur. Bordure de grecques en or sur bleu. Marque de Kien-long. Socle en bois de fer. — Long., 17 cent. ; larg., 11 cent.

49 — Jardinière octogone à décor de fleurs et de grecques en émaux de couleur rechampis or sur fond bleu. Elle porte le sigle de Kien-long. — Haut., 15 cent. ; long., 22 cent.

50 — Deux chandeliers à bases et plateaux en forme de fleurs de lotus et à tiges cylindriques chargées d'ornements sur fond d'émail bleu. — Haut., 55 cent.

51 — Chandelier à base campanulée, surmontée d'un large plateau; décor d'un semé de fleurettes blanches sur champ bleu lapis clathré d'or. — Haut., 40 cent.

52 — Deux chandeliers, à bases campanulées et plateaux superposés ; fond bleu de ciel, décor de fleurs arabesques et de médaillons de fruits encadrés de rinceaux en relief dorés. Époque de Kien-long. — Haut., 30 cent.

53 — Deux pièces : lampe en forme de chandelier, à base campanulée, tige cylindrique et double plateau, figurant la fleur de lotus, fond bleu lapis, arabesque polychrome, cachets rouges. Petit récipient dont la poignée est en forme d'oiseau. — Haut., 46 cent.

54-55 — Deux sièges de parc, quadrilobés et évidés, à décor de fleurs et d'arabesques polychromes sur fond bleu clathré d'or ; à l'intérieur, sont adaptés des cornets balustres également en émail peint. — Haut., 48 cent.

56 — Brûle-parfums barlong et à couvercle surmonté d'un chien de Fô, à décor de grecques et d'ornements bleu foncé, de fleurs et de feuillages en émaux clairs, rehaussés de dorure sur champ bleu de ciel. — Long., 43 cent.

57 — Lanterne sphérique, à base et couronnement en émail bleu lapis, rehaussé de fleurs de couleur. — Haut., 33 cent.

58 — Lanterne en bois de fer, à angles en chanfrein, enrichie de plaquettes en émail peint figurant des chauves-souris et des ornements sur champ bleu turquoise. Kien-long. — Haut., 53 cent.

59 — Brûle-parfums quadrilatéral, à couvercle plat percé

d'une ouverture circulaire, entièrement décoré de fleurs arabesques, de bandes de rinceaux et de grecques sur fonds variés de couleur : jaune impérial, blanc et vert chargés de mosaïques. Le pourtour présente quatre réserves oblongues contenant des sujets à personnages. Époque de Kien-long. — Haut., 15 cent.; larg., 26 cent.

60 — Crachoir surbaissé, à décor de fleurs en réserve sur champ gros bleu. — Haut., 7 cent.

61 — Théière carrée à anse surélevée; décor à personnages et bordure de grecques. — Haut., 18 cent.

62 — Coupe à décor polychrome : groupes de personnages dans un paysage. Kien-long. — Diam., 21 cent.

63 — Compotier à grand médaillon : oiseaux variés de toutes couleurs, sur fond blanc, avec triple bordure. Marque Fu : bonheur. Kien-long. — Diam., 21 cent.

64 — Compotier à décor, représentant une cérémonie à la cour, avec encadrement fait d'une double bordure. — Kien-long. — Diam., 23 cent.

65 — Coupe de sacrifice, de forme surbaissée, à décor d'arabesques polychromes, ressortant sur un ton vieil or; marque de l'Empereur Kang-hi. Socle en bois de fer sculpté. — Diam., 13 cent.

66 — Coupe à piédouche. Extérieur émaillé rose poudré; intérieur à médaillon européen : Femme et amour, avec pourtour représentant des dragons. — Haut., 13 cent.

67 — Coupe campanulée et couvercle, à décor européen : personnages dans la campagne, amours, festons fleuris. — Haut., 12 cent.

68 — Coupe à décor européen : groupe de personnages, enfants, etc. — Diam., 12 cent. 1/2.

69 — Petite coupe de sacrifice, à décor très soigné de fleurs et d'arabesques peintes en couleur sur fond jaune. Socle en bois. — Haut., 6 cent.

70 — Coupe libatoire, à piédouche, couverte de fleurs et de branchages très finement peints sur fond blanc. — Haut., 9 cent.

71-72 — Deux coupes ornées de festons de pampre en camaïeu bleu sur fond jaune. Intérieur offrant des motifs de fleurs sur fond blanc. — Diam., 19 cent.

73 — Coupe libatoire décorée de festons de fleurs polychrome sur fond jaune. — Haut., 10 cent.

74 — Deux petites coupes de sacrifice en forme de fleurs aquatiques émaillées blanc à l'extérieur et bleu à l'intérieur. Anses en métal doré, simulant des branchages. Socles en bois de fer. Époque de Kien-long. — Haut., 7 cent.

75 — Deux petites coupes, à décor de fleurs arabesques très fin, sur champ vert. Socles en bois sculpté. — Diam., 9 cent.

76 — Coupe quadrilatérale, avec anses en bronze; décor de fleurs et d'arabesques en couleur. Marque de Yung-chang-nim-ché.

77 — Miroir à main, à poignée et cadre en émail bleu et or, avec plaque de revers finement peinte, à fleurs et ornements en couleur, sur fond vert quadrillé noir. — Long., 27 cent.

78 — Miroir à main, à décor de chrysanthèmes, peints en émail de tons clairs sur fond d'or; un motif à ornements rocaille en relief relie la poignée au miroir, dont le revers présente une peinture européenne sur verre : Jeune Femme tenant un chou. — Pièce très rare. — Long., 29 cent.

79 à 85 — Sept poignards avec riches fourreaux dorés et enrichis de fleurs et d'ornements en émaux de couleur. Poignées agates et pâtes de verre simulant des jades de diverses nuances. — Long., environ 30 cent.

86 — Trépied-support, se repliant ; couvert de fruits, de feuillages et d'arabesques peints en couleur, sur fond bleu céleste. Époque de Kien-long. — Haut., 25 cent.

87 — Petit cartel en forme de fruit décoré de festons fleuris, or et argent, ressortant sur fond bleu quadrillé. Style des émaux de Venise. — Haut., 15 cent.

88 — Trois manches d'éventails décorés de branchages et d'insectes sur fond jaune. — Long., 12 cent.

89 — Plaque à décor de chauves-souris et de feuillages symétriques en couleur sur fond jaune. — Haut., 15 cent ; long., 1 m. 33 cent.

90 — Coupe couverte en forme de fleur de lotus, émaillée au naturel. Marque de l'empereur Kang-hi.

91 — Amulette, dent de tigre avec monture en argent, rehaussée d'émaux de couleur.

92 — Deux plaquettes décorées d'émaux en relief.

93 — Ornement, plaque à deux faces, figurant des fruits et des feuilles en émaux de couleur.

94 — Quatre pièces : deux bols et deux vases leur servant de supports, à décor simulant l'émail cloisonné. — Haut., 12 cent.

95 — Socle en émail peint, à fleurs et rinceaux en couleur sur fond jaune pointillé noir. — Larg., 11 cent.

96 — Lampe de sacrifice de forme lobée à décor en bleu foncé, rouge et or sur fond bleu clair. — Long., 13 cent.

97 — Deux raviers en forme de bateau, décorés de fleurs jetées, l'un à fond vert, l'autre à fond bleu. — Long., 19 cent.

98 — Lampe de suspension, à trois becs, ornée de médaillons d'oiseaux, de papillons et d'arabesques en couleur.

99 — Deux boîtes cylindriques, chacune à plusieurs compartiments superposés ; décor d'oiseaux et de fleurs en des réserves sur un fond de mosaïque. Kien-long. — Haut., 14 cent.

100 — Boite plate et à cinq lobes, ornée de fruits et de chauves-souris en couleur sur fond jaune. Marque de Yung-tching. — Diam., 6 cent.

101 — Petit plateau quadrilobé, à décor européen : paysage et figures. — Long., 13 cent.

102 — Quatre boîtes de toilette, rondes et à couvercles plats, fond blanc, offrant au pourtour des rinceaux noirs et sur le dessus des bouquets polychromes. — Diam., 6 cent.

103 — Boîte circulaire en bois dur, ornée sur le couvercle d'un émail peint : Vierge et Enfant, avec bordure de fleurs sur fond jaune. — Diam., 8 cent.

104 — Autre, analogue, avec émail, représentant la Sainte Famille ; décor européen. — Diam., 8 cent.

105 — Boîte plate et rectangulaire, à décor de fleurs roses et de grecques noires sur fond bleu pâle. — Long., 16 cent.

106 — Boîte en laque noir, parsemée de fleurons d'or et ornée, sur le couvercle, d'un émail peint, de style européen : Bergère et amour. — Diam., 12 cent.

107 — Boîte lenticulaire, à décor de rinceaux bleu foncé sur fond bleu clair avec, au centre, le sigle de Shan. — Diam., 10 cent.

108 — Deux boîtes plates émaillées rose et finement décorées d'ornements polychromes disposés en quinconce et entremêlés d'insectes nuisibles et de reptiles. Marque de Kien-long. — Diam., 8 cent.

109 — Boîte en forme de chauve-souris, rehaussée d'émaux bleu, rouge, vert et or. Marque *Chang*. Kien-long. — Long., 13 cent.

110 — Boîte à décor soigné, de fleurs arabesques en émaux de couleur sur fond ton d'ocre. Cachet. — Long., 13 cent.

111 — Plaque circulaire, à décor européen : Femme et enfant. — Diam., 8 cent.

112-113 — Deux bols à décor polychrome : paysages avec figures. — Diam., 20 cent.

114-115 — Deux bols octogones décorés d'ustensiles variés, en couleur sur fond vert. Marque. — Diam., 20 cent.

116 — Coupe à décor de pivoines et de feuillages ressortant

en émaux clairs sur fond rouge brun. Marque de Kien-long. — Diam., 15 cent.

117 — Bol à décor polychrome représentant un paysage montagneux avec rivière, habitations, figures, etc. — Diam., 20 cent.

118 — Bol à décor polychrome : groupes de personnages dans la campagne. — Diam., 17 cent.

119 — Bol à réserves lobées, contenant des fleurs, des papillons avec fond verdâtre quadrillé noir. — Diam., 15 cent.

120 — Deux bols à festons de fleurs peintes en couleur, et double bordure à rinceaux noir et bleu. Kien-long. — Diam., 14 cent.

121 — Théière à corps surbaissé, décorée de fleurs arabesques en bleu foncé et émaux de couleur, rehaussés d'or sur champ bleu de ciel. — Haut., 11 cent.

122 — Deux plateaux quadrangulaires représentant des sujets familiers en des encadrements de feuillages noirs coupés de réserves à fruits. Kien-long. — Long., 13 cent.

123 — Deux petits plateaux quadrilobés, à sujets peints encadrés de bordures à fond rose. — Long., 12 cent.

124 — Plateau quadrilobé à décor de fleurs et de rinceaux en couleur, relevés d'or sur fond vert. Marque de Kien-long. — Long., 18 cent.

125 — Deux présentoirs émaillés rouge carmin. — Diam., 16 cent., 1/2.

126 — Présentoir offrant un bouquet de pivoines et de chrysanthèmes dans un encadrement de rinceaux bleus

entouré de festons polychromes sur fond jaune. Revers d'émail vert. — Diam., 17 cent. 1/2.

127 — Présentoir à décor d'arabesques en couleur sur fond vert piqueté noir, bordure de grecques sur champ jaune. — Diam., 16 cent.

128 à 132 — Cinq présentoirs peints en émaux de couleur sur fond blanc et offrant la représentation de sujets familiers. — Diam., 16 cent.

133 — Présentoir représentant un Empereur recevant l'hommage des vaincus. Au revers, un cachet. — Diam., 16 cent.

134 — Quatre petits plateaux carrés décorés de fleurs en couleur sur fond blanc. Bordure bleu lapis rehaussée d'or. — 95 millim.

135 — Sept petits plateaux quadrilobés à réserves de fleurs sur fond bleu. — Diam., 12 cent.

136 — Six tasses quadrangulaires et six présentoirs carrés à décor de vases, de brûle-parfums et d'arabesques en noir et or sur fond blanc avec le cachet Chan en bleu.

137 — Quatre petits plateaux carrés à décor en noir et or de vases et d'objets sacrés avec double bordure : arabesques et grecques. — Larg., 10 cent.

138 — Trois tasses semi-ovoïdes et leurs présentoirs émaillés rouge carmin, avec chauve-souris et cachets en bleu.

139 — Trois tasses lobées à anses formées de branchages et leurs présentoirs, décorés de festons de fleurs polychromes courant entre des filets bleus.

140 — Trois petites tasses campanulées, à décor de fleurs et de rubans sur fond bleu lapis, avec rehauts d'or.

141 — Six tasses variées de forme, mais de même décor, consistant en réserves à fleurs sur fond vert clair, carrelé noir.

142 — Deux tasses carrées à coins rentrants; décor à personnages en émaux de couleur.

143 — Tasse et son présentoir en forme de pêche, avec anses simulant des branchages. Période de Kien-long.

144 — Petit plateau carré à angles rentrants, décoré de dragons en rouge sur champ bleu. — Larg., 10 cent.

145 — Soucoupe à bords festonnés, fleurs arabesques, fond rose, bordure noire. — Diam., 11 cent.

146 — Coupe campanulée et couvercle, à décor européen, personnages, groupe d'enfants et festons de fleurs. — Haut., 13 cent.

147 — Deux bols, à pourtours décorés d'oiseaux et de plantes aquatiques en camaïeu rose, avec bordures de dragons peints en bleu.

148 — Tasse, à décor de fleurs et de papillons. — Diam., 7 cent.

149 — Deux tasses semi-ovoïdes et à couvercles plats, décorées de divinités, d'oiseaux, de kiosques, ressortant en couleur sur fond blanc imbriqué. — Haut., 7 cent.

150 — Soucoupe offrant au fond une tige de pivoines. — Diam., 12 cent.

151 — Autre, à décor de fruits, de papillons et de feuillages

en rouge de fer et émaux verts sur champ blanc. — Diam., 12 cent.

152 — Autre, à médaillon : Femme et Enfant, dans une double bordure, à réserves et dessin de mosaïque. — Diam., 12 cent.

153 — Petite coupe, à décor d'arabesques noir et or sur champ bleu de ciel. — Diam., 9 cent.

154 — Flacon-tabatière en émail, à décor représentant un paysage avec troupeau de cerfs. Marque de Yung-tching. — Haut., 10 cent.

155 — Flacon en forme de gourde, décoré de deux sujets galants, de style européen. — Haut., 4 cent.

156-157 — Deux tabatières en forme de doubles flacons, l'un à fond bleu, l'autre à fond jaune, pointillés noir et décorés de chauve-souris et de nuages. — Haut., 55 millim.

158 — Flacon-tabatière en émail ; décor à dragons sur fond bleu foncé.

BRODERIES

159 à 164 — Grands et beaux panneaux de tenture en soie de couleurs variées, à figures, ornements et inscriptions brodés en soies de couleurs et fils métalliques. Travail chinois.

MEUBLES EN BOIS DE FER

165 à 170 — Étagères en bois de fer, de plusieurs modèles.

www.ingramcontent.com/pod-product-compliance
Ingram Content Group UK Ltd.
Pitfield, Milton Keynes, MK11 3LW, UK
UKHW020409190726
13838UKWH00006B/2333